TRANSFORMERS PRIME

L'invasion

Novélisation : Nicolas Jaillet.
Conception graphique du roman : François Hacker.

Hachette Livre, 43, quai de Grenelle, 75015 Paris.

TRANSFORMERS PRIME

L'invasion

hachette
JEUNESSE

AUTOBOTS

OPTIMUS PRIME

Optimus Prime est le chef des Autobots. C'est le plus puissant d'entre eux, qu'il soit sous sa forme de camion ou de robot. Il est courageux, sage, et, bien sûr, respecté de tous ! La protection des humains, en particulier de Jack, Miko et Raf, trois adolescents qui ont découvert l'existence des robots, est pour lui une priorité.

BUMBLEBEE

Comme c'est le premier Autobot arrivé sur Terre, Bumblebee connaît bien les humains. Il est vite devenu ami avec Raf, même s'ils ne se comprennent pas toujours ! « Bee » est une voiture de sport qui n'a peur de rien. Comme c'est un fonceur, il commet parfois des erreurs, mais il est toujours prêt à servir Optimus.

ARCEE

Belle, rapide et puissante, c'est une moto fantastique ! Elle est très proche d'Optimus, et celui-ci sait qu'il peut compter sur elle. Au départ, Arcee n'était pas emballée par l'idée de former une équipe avec Jack, mais, petit à petit, un lien d'amitié s'est créé entre eux.

BULKHEAD

Ce 4x4 hyper solide est l'un des plus forts des Autobots. Sous ses airs de gros dur qui aime se battre, il est très gentil et s'amuse dès qu'il le peut avec sa protégée, Miko. D'ailleurs, attention à celui qui s'approcherait de trop près de la jeune fille : Bulkhead est un garde du corps hors pair !

RATCHET

Ratchet est le médecin et le mécanicien de l'équipe : c'est bien simple, cette ambulance sait tout réparer ! Il admire les humains qui aident les Autobots à combattre les Decepticons, mais il n'apprécie pas pour autant que Jack, Miko et Raf passent autant de temps sur leur base...

DECEPTICONS

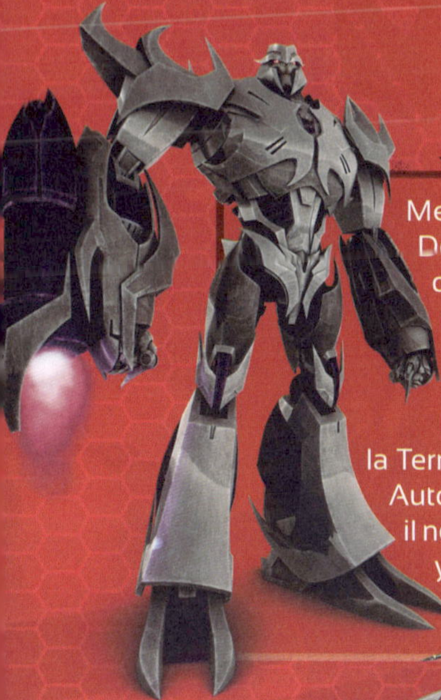

MEGATRON

Megatron est le chef des Decepticons, les ennemis des Autobots. C'est le plus malfaisant de tous les Transformers ! Son but est de faire disparaître les humains de la surface de la Terre, tout en combattant les Autobots jusqu'au dernier. Et il ne reculera devant rien pour y parvenir !

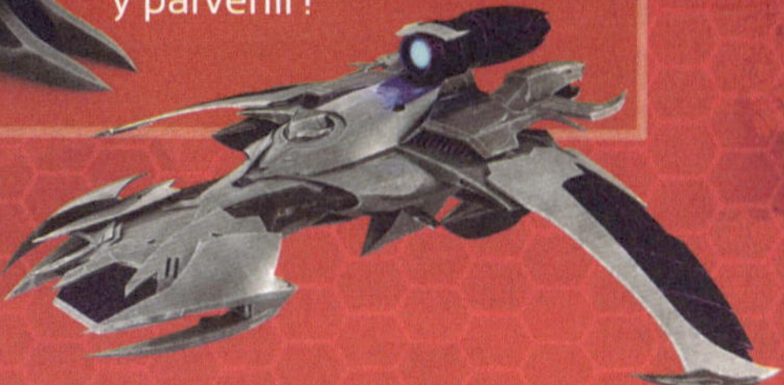

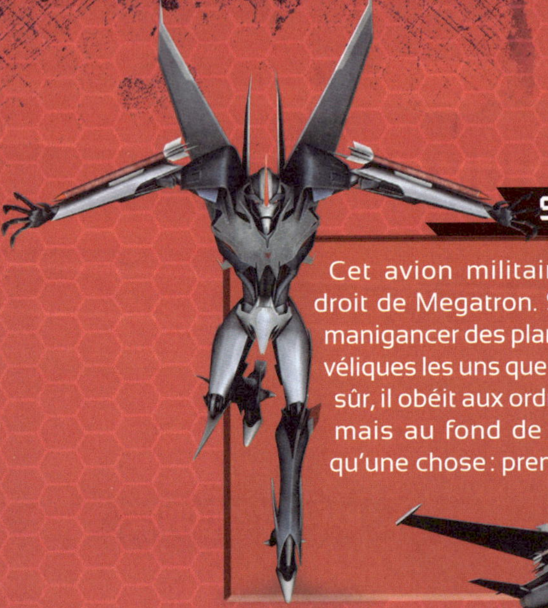

STARSCREAM

Cet avion militaire est le bras droit de Megatron. Son point fort : manigancer des plans plus machiavéliques les uns que les autres ! Bien sûr, il obéit aux ordres de son chef, mais au fond de lui, il n'attend qu'une chose : prendre sa place !

SOUNDWAVE

Soundwave est l'espion des Decepticons. Très discret, il transmet à Megatron toutes les informations qui permettent à son clan de combattre les Terriens et les Autobots. Un seul mot à son sujet : méfiance !

HUMAINS

RAFAEL ESQUIVEL

Discret du haut de ses douze ans, Raf est un vrai petit génie de l'informatique. Aucun problème ne lui résiste, et personne ne connaît aussi bien les ordinateurs que lui. Ça explique peut-être pourquoi il est le seul à pouvoir traduire le langage électronique de Bumblebee…

MIKO NAKADAI

Miko est une jeune fille pleine d'énergie. Peu importe ce que les gens pensent d'elle : elle vit tout à fond ! Toujours prête à pimenter sa vie, elle n'hésite pas une seconde à accompagner les Autobots. Une grande complicité la lie à Bulkhead, qui la suit de près dans chaque aventure.

JACKSON DARBY

Jack a seize ans, il vit seul avec sa mère et il a toujours rêvé de posséder une moto... Sa rencontre avec Arcee est un vrai coup de foudre ! Même s'il n'est pas toujours rassuré à l'idée de combattre avec les Autobots, il doit veiller sur Raf et Miko. Protecteur et réfléchi, il devient vite le leader de la petite bande !

1
Découverte

La tempête se lève sur la banquise. Au milieu de la neige, les silhouettes colorées de Bulkhead et de Bumblebee avancent péniblement contre le vent. Bulkhead consulte sa bot-boussole et s'étonne :

— C'est bizarre. On devrait y être, mais je ne vois pas notre objectif...

Bumblebee émet une série de « bips » et de « bops ». Il désigne le sol, sous les pieds de Bulkhead. Sans s'en rendre compte, les Autobots ont atteint le but de leur voyage : une grande sphère d'acier noir, couverte par une épaisse couche de glace.

De retour à la base, les deux amis doivent subir des tests de santé sous la surveillance de Ratchet, le robot médecin. Seulement, Bulkhead n'est pas très patient. Il s'agite sans arrêt.

— Puisque je te dis qu'on va bien, Ratchet !

— Bulkhead, laisse-moi t'examiner. Le froid polaire peut abîmer ton système définitivement, et...

La voix grave d'Optimus Prime, leur chef, l'interrompt :

— As-tu des nouvelles de notre découverte en Arctique, Ratchet ?

L'Autobot se tourne vers Optimus, qui vient d'entrer.

— Pas encore. La sphère est toujours couverte de glace. Il faut attendre qu'elle fonde...

Les Autobots ont repéré cette boule de métal extraterrestre parmi les glaciers. Ils ont envoyé Bulkhead et Bumblebee pour la rapporter. Elle est maintenant à l'abri dans une salle spéciale pour lui laisser le temps de dégeler. La glace craque, crisse, se fissure... Un morceau se détache et tombe, libérant une surface d'acier poli.

Peu après, un trou apparaît sur la partie dégagée de la sphère, et soudain, une griffe de métal en jaillit.

Les Autobots ne se doutent pas de l'étrange métamorphose de leur découverte. Ils sont trop absorbés par le nouveau voyage d'exploration en Arctique qu'ils programment pour obtenir des informations complémentaires. Cette fois, c'est Optimus Prime et Arcee qui sont désignés.

Ratchet vient juste d'ouvrir le pont terrestre : c'est un couloir de lumière verte, capable de connecter tous les points du globe. Grâce à cette invention, les Autobots peuvent relier en quelques pas le désert de l'Arizona aux glaces du pôle Nord, dans l'océan Arctique.

Ratchet a fourni à ses équipiers des bot-boussoles, munies de capteurs de température. Il les met en garde :

— Une fois que votre température corporelle entre dans la zone bleue, vous devenez trop faible pour continuer. C'est le signal qui indique que vous devez immédiatement revenir à la base.

Optimus et Arcee s'apprêtent à entrer dans le tunnel de lumière, quand des bruits de moteurs attirent leur attention.

Un coupé sport jaune et noir arrive par la voie principale, suivi de près par un énorme 4 x 4. Les portières s'ouvrent, et les trois amis humains des Autobots apparaissent : Raf, Jack et Miko.

Ratchet gémit et lève les capteurs optiques qui lui servent d'yeux vers le ciel :

— Oh, non ! Vous n'êtes pas à l'école ?

— Un samedi ? répond Miko. Tu plaisantes ! On a un week-end entier de libre, à passer avec vous !

Jack se tourne vers Arcee, « sa » moto extraterrestre :

— Salut Arcee ! Tu m'emmènes en balade ?

L'Autobot secoue la tête.

— Désolée, Jack. Je pars en mission...

— Quoi ?! Tu ne vas pas me laisser enfermé à l'intérieur par ce beau temps... ?

— ... en mission au pôle Nord.

Jack grimace.

— OK, alors je vais peut-être rester enfermé... au chaud !

Mais Raf se jette aux pieds d'Optimus.

— Vous allez en Arctique ? Oh ! j'ai toujours rêvé de voir ça !

Optimus fait un geste négatif.

— Je t'aurais emmené avec plaisir, Rafael, mais les conditions sont trop difficiles. Même pour nous, les Autobots. Mais... Je te

rapporterai une boule de neige, promis !

— Génial !

Les deux Autobots se mettent en marche et disparaissent au fond du tunnel, engloutis par un éclair violet.

— Transport accompli, déclare Ratchet.

Aussitôt, l'écran de contrôle clignote, se brouille, et s'éteint avec des crépitements.

— Par la Vieille Étincelle !

2 Un nouvel ami

Au centre de la vaste salle de contrôle de leur base secrète, les Autobots ont installé une plate-forme surélevée. Quand les enfants y grimpent, les Autobots peuvent leur parler sans avoir à se baisser. Ils l'ont meublée avec un vieux canapé, une vieille télévision, une vieille chaîne stéréo, et... une très, très vieille console de jeux.

— Bon, qu'est-ce qu'on va faire aujourd'hui ? demande Miko.

Bumblebee émet quelques sons mécaniques, en agitant les doigts comme s'il manipulait une manette de jeu.

Raf bondit de joie.

— Oui, un tournoi de console ! Bumblebee, tu joues contre le vainqueur !

Le robot serre le poing en signe de satisfaction. Mais Ratchet rappelle ses troupes à l'ordre :

— Bumblebee, Bulkhead ! Venez, on a un problème !

Les deux Autobots haussent les épaules, déçus, et s'éloignent.

Raf tend la main vers la manette

de jeux, mais Miko, rapide comme l'éclair, a déjà bondi dessus. Elle la tend à Jack avec un air de défi.

— Prépare-toi à te faire atomiser !

— Ce n'est pas trop mon truc, Miko...

— Ah oui ? On a la trouille de perdre contre une fille ?

— OK, donne.

Jack saisit l'objet. Aussitôt Miko se penche vers l'écran. Ses doigts écrasent les touches à toute vitesse.

— Pas de pitié...

Jack croise le regard de Rafael, et voit l'immense déception dans ses yeux.

— Tu veux me remplacer, Raf ? Et montrer à Miko qui est le chef ?

Mais le garçon secoue la tête.

— Non... J'ai des choses à faire.

Il se laisse glisser du canapé et s'en va.

Bulkhead et Bumblebee s'approchent du panneau de commandes.

Ratchet actionne les leviers du pont, sans succès.

— Le pont terrestre ne répond plus ! dit-il. Les générateurs sont à plat. Optimus et Arcee sont passés sans problème… c'est pour les ramener que je me fais du souci. Allez, il faut réactiver ces batteries, vite !

Raf se promène, seul dans les couloirs déserts de la base. Il s'imagine en train de marcher contre le vent.

— Argh, cette tempête de neige est épouvantable. Il faut que je… rentre… à la base…

Un bruit métallique l'interrompt. Raf se retourne et voit une énorme vis rouler sur le sol. Il la ramasse, et lève les yeux pour scruter l'obscurité du plafond. Rien. Le silence, à nouveau. Puis un bruit, de l'autre côté… Cette fois, Raf a le temps d'apercevoir quelque chose qui glisse sur une petite poutre, au-dessus de sa tête. C'est trop loin, trop petit, et ça se déplace trop vite. Raf n'a pas eu le temps de bien voir.

Il sursaute : encore ce bruit ! Plus fort, cette fois. Ça vient de l'autre côté du couloir. Plus inquiétant aussi : comme une sorte de grincement... Le garçon fait quelques pas à reculons, et tombe par terre. Il a marché sur quelque chose de rond qui n'était pas là tout à l'heure. Il se redresse en vitesse, le cœur battant. Deux grands yeux violets le regardent.

C'est une petite boule métallique, montée sur six pattes fines et pointues.

— Tiens, tiens... Les Autobots n'ont jamais dit qu'ils avaient des animaux de compagnie !

Il ouvre la main et montre la vis qu'il y cachait :

— On joue ?

La petite boule sur pattes bondit de joie.

— Allez... attrape !

Raf lance la vis, qui rebondit à une dizaine de mètres. Le robot rond s'élance, saute en l'air, et gobe le boulon.

— Non ! Ne l'avale pas ! Tu vas...

La vis a disparu dans un bruissement de ferraille, en produisant quelques étincelles.

— … t'étouffer ?

Le robot-animal revient vers Raf et se frotte affectueusement contre ses chevilles. Ravi d'avoir trouvé un nouvel ami, le garçon se penche pour prendre la petite boule de ferraille dans ses bras. Il fait demi-tour et l'emmène. Il a hâte de la montrer à ses amis !

S'il avait continué sa promenade, Raf aurait peut-être remarqué une large fissure dans le mur, d'où s'échappent une fumée noire et des crépitements inquiétants...

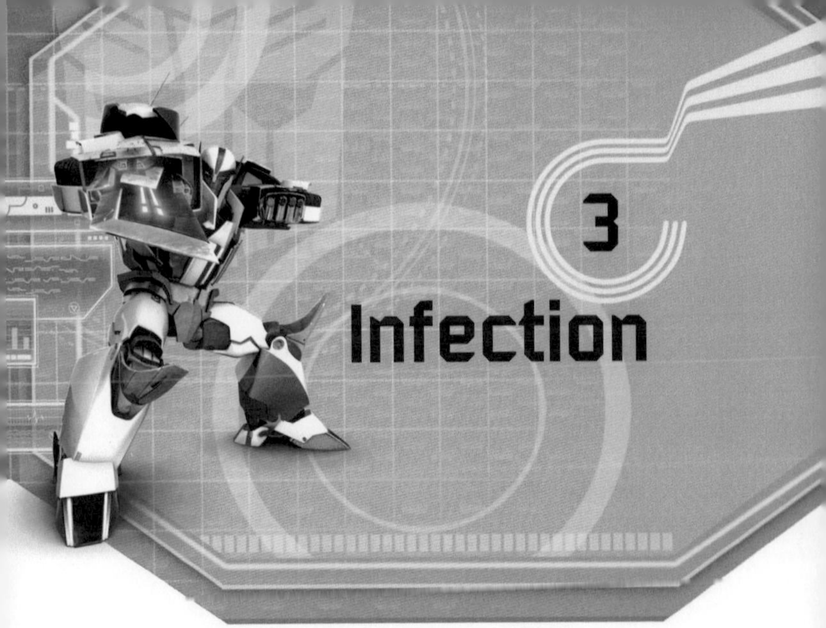

3
Infection

— Allez, allez, alleeeeeez... !

La tension monte devant la console. C'est un vieux jeu de voitures en 2D, mais Miko se donne à fond dans la partie, et elle a communiqué sa passion à Jack. Sur l'écran, le combat est sans merci. Mais alors que la partie bat son plein, tout s'éteint dans la salle de contrôle.

Une panne de courant ?

La lumière revient bientôt, mais l'écran de télé reste noir.

— Oh non ! J'étais en train de gagner ! râle Jack.

Miko, qui n'aime pas perdre, est beaucoup moins déçue que lui, et elle quitte le canapé sans regret.

— Dommage ! remarque-t-elle avec un sourire.

Les deux adolescents rejoignent les Autobots. Ratchet inspecte une série de circuits électroniques. Il retire l'un d'eux de son emplacement, et l'observe en fronçant ses sourcils d'acier. La plaquette verte est abîmée par un gros trou arrondi dont les bords sont complètement noircis. Comme si on y avait donné un coup de dents !

— Décidément, dit Ratchet, on a un gros problème. Qu'est-ce qui a bien pu causer ça ?

Comme pour ajouter à son angoisse, toute la base subit une

baisse de tension. L'éclairage faiblit, avant de revenir.

— ... et ça ?! ajoute Bulkhead.

— Ça doit être le réseau principal. Espérons qu'il s'agit juste d'un dysfonctionnement de la station secondaire.

Les Autobots échangent un regard inquiet, mais une joyeuse voix d'enfant attire leur attention.

— Hé, les gars ! Regardez ce que j'ai trouvé !

Ratchet a reconnu l'intonation de Raf. Il ferme les yeux et pousse un soupir exaspéré.

— On est occupés !

Mais, en se tournant vers le jeune garçon, Ratchet se fige un instant. Puis il bondit de frayeur. Il a vu la boule de métal entre ses bras.

L'animal de compagnie que Raf a ramené de sa promenade… Les trois Autobots se redressent d'un seul mouvement, et pointent leurs armes vers l'enfant, prêts à tirer. Jack et Miko s'interposent.

— Hé ! Qu'est-ce qui vous prend, les amis ?

Ils n'ont jamais vu les Autobots dans un tel état de panique. Les trois géants d'acier agitent leurs armes dans tous les sens en hurlant :

— Des Dévoreurs ! Des Dévoreurs !

— Qu'est-ce que c'est qu'un Dévoreur ? demande Miko.

— La plus épouvantable vermine qui ait jamais rampé sur la surface de Cybertron ! répond Ratchet.

— Vous plaisantez ? s'étonne Jack.

— Vous êtes des robots géants, ajoute Miko. Ce Dévorounet est tout mignon...

— Tu n'imagines pas les dégâts que peut faire cette mignonne petite chose ! s'écrie Bulkhead.

Raf secoue la tête, incrédule. Il caresse la tête ronde de son nouveau compagnon, qui semble toujours endormi entre ses bras.

— Oh, il ne ferait de mal à personne...

Tout d'un coup, le Dévoreur ouvre les yeux. Il a senti une présence, tout près de lui. Quelque chose qui l'attire comme un aimant. Ses grands yeux violets scannent l'espace qui l'entoure. Dans son regard métallique, les trois humains ne sont que des silhouettes grises, sans intérêt.

Mais un peu plus loin, il repère trois autres corps, qui lui renvoient des images lumineuses. Des Autobots. Miam, miam...

Le Dévoreur bondit des bras de Raf, et se lance à l'attaque ! Sa jolie bouille ronde s'est fendue d'un sourire carnassier. Il ouvre une bouche immense, garnie d'une dizaine de rangées de dents qui tournent dans tous les sens, et à toute vitesse !

Il fonce en zigzaguant vers Bumblebee, qui le tient à distance avec des boules de plasma. Mais l'animal de fer avance beaucoup trop vite sur ses petites pattes pointues. On dirait qu'il prévoit tous les tirs de Bumblebee !

Le Dévoreur a atteint sa cible. Il grimpe sur l'Autobot jaune, et commence à courir le long de sa carrosserie en la rongeant. Il laisse de grandes traînées de métal taillé sur son passage. Bumblebee essaie de l'attraper, mais le Dévoreur passe au travers de sa paume !

Tandis que le rongeur avance dangereusement le long de son avant-bras, Bumblebee le rejette

d'un coup rapide du tranchant de la main. Le Dévoreur, projeté à quelques mètres, se redresse aussitôt sur ses pattes, prêt à revenir à la charge. Mais une barre de fer s'abat sur lui et le stoppe net. Un deuxième coup déforme la boule de métal. Puis un troisième, de plus en plus vite, de plus en plus fort.

— Hé, doucement, bûcheron !

Jack a saisi le bras de Raf. Il lui prend la barre des mains.

— Eh bien ! Si on avait prévu ça ! commente Miko.

Raf se précipite vers le robot blessé.

— Oh, excuse-moi, Bumblebee ! Est-ce qu'il va bien, Ratchet ?

— Ce ne sont que des morsures superficielles. Il s'en remettra.

— Alors, tu me crois, maintenant ? s'écrie Bulkhead. Les Dévoreurs rongent tout ce qui est en métal. Surtout si c'est du métal vivant !

Les Autobots sont vraiment agités. Jack intervient, pour essayer de calmer le jeu :

— Bon... Maintenant que la bestiole est écrabouillée, c'est bon... Non ?

— Non, répond Ratchet. Un Dévoreur n'attaque jamais seul, il y en a forcément d'autres. Mais je crois que je sais comment ceux-là ont réussi à s'introduire ici... Suivez-moi !

Quelques minutes plus tard, les Autobots se retrouvent devant la sphère métallique ramenée d'Arctique. Elle est éventrée. Ratchet en éclaire l'intérieur à l'aide d'une lampe torche intégrée à son index. Quand il a fini son inspection, il se tourne vers ses amis.

— Un nid de Dévoreurs, dit-il. Un piège...

— Un nid de Dévoreurs... vide, précise Bulkhead.

— Ils ont dérivé dans l'espace, et se sont écrasés sur terre. Le froid polaire les a maintenus en état pendant des millions d'années...

— Jusqu'à ce qu'on les libère, ajoute Jack.

— Maintenant qu'on les a réveillés, dit Miko, ils doivent avoir sacrément faim.

— Combien sont-ils ? demande Raf.

— Des milliers. Et les pannes du circuit central et du pont terrestre sont des signes évidents d'infection : les Dévoreurs nous envahissent…

4
Coincés !

En Arctique, Optimus et Arcee ne se doutent pas que leur sort est en train de se jouer à la base. Arcee se tient au sommet d'une falaise. Elle veille sur son partenaire qui glisse le long de la paroi. En atteignant le sol, Optimus active son récepteur.

— Arcee, que dit ton signal ?

— Mon capteur s'éteint petit à petit. Je pense qu'on devrait rentrer avant qu'il commence à faire trop froid.

Optimus acquiesce. Il compose le code pour appeler la base.

— Optimus à Ratchet : notre température corporelle atteint la zone bleue. Préparez-vous à activer le pont terrestre.

À plus de six mille kilomètres de distance, Ratchet observe le visage d'Optimus sur les écrans de contrôle. L'image, brouillée, clignote et le son est à peine audible.

— Ratchet à Optimus, est-ce que vous me recevez ? On a un problème, ici.

L'écran s'éteint, définitivement, cette fois. Ratchet frappe du poing sur la table de commandes.

— Les Dévoreurs ont atteint le système de communication. Si on n'arrive pas immédiatement à éliminer ces créatures, elles vont réduire toute la base à un tas de ferraille !

Bulkhead propose d'abandonner la base, et Bumblebee l'approuve énergiquement.

— Évacuer ? répond Ratchet.

C'est impossible ! Si on n'arrive pas à remettre le pont en marche maintenant, Optimus et Arcee vont mourir !

Miko fronce les sourcils en se tournant vers le géant d'acier :

— Bulkhead, qu'est-ce qui te prend ? Je ne t'ai jamais vu t'enfuir !

Le colosse écarte les bras, désolé.

— Miko, tu n'as jamais vu une de ces minuscules créatures dévorer un Autobot, non plus. Moi, oui. Elles te grignotent de l'intérieur, fusible par fusible, circuit par circuit, sans rien laisser ! Et quand je dis rien, c'est rien... Elles n'épargnent même pas les optiques !

Jack décide de réagir : cette discussion ne mène à rien. Il se place devant les Autobots et déclare :

— Laissez-nous vous aider.

Comme Ratchet s'apprête à répliquer, Raf insiste :

— On n'est pas en métal, nous !

— C'est vrai ! ajoute Miko. Les Dévoreurs ne peuvent pas nous faire de mal !

Les Autobots se regardent en silence. Ratchet hausse les épaules.

— J'ai toujours trouvé que votre enveloppe charnelle était la moins intéressante de vos qualités. Mais elle peut présenter un avantage stratégique, dans certains cas exceptionnels.

Jack est très excité par la tournure des événements. Ce qui s'annonçait comme un samedi banal et plutôt ennuyeux tourne à la grande aventure ! C'est même un événement historique qui se prépare : cette fois, les Autobots ont besoin de leurs jeunes protégés ! Il prend les choses en main.

— Faisons équipe deux par deux, dit-il. Un Autobot avec un humain. Ratchet, je surveillerai tes arrières pendant que tu répares le pont.

Miko saute de joie, le poing dressé.

— C'est parti pour la chasse aux microbes !

Les enfants sont tous ravis, mais leurs amis de fer ne partagent pas cet enthousiasme. Avant de se lancer à la chasse aux Dévoreurs, Bulkhead et Bumblebee échangent un regard inquiet.

Cependant, en Arctique, la tempête fait rage. Le soleil de minuit produit, à travers les nuages, une lueur blafarde. Au milieu des flocons de neige, Optimus et Arcee marchent difficilement.

Depuis que le contact a été rompu, l'Autobot rouge tente de le rétablir, sans succès.

— Optimus à la base. Est-ce que vous me recevez ?

Arcee s'écroule. Optimus est étourdi par le vent, mais il rebrousse chemin pour aller la chercher. Malgré sa faiblesse, Arcee n'a rien

perdu de son sens de l'humour. Tandis qu'elle se pend au bras de son équipier, elle demande :

— Tu ne crois pas qu'une bonne promenade nous ferait du bien ? Il paraît que la Floride est très agréable, en cette saison.

Mais Optimus secoue la tête.

— Les zones de climat plus favorables sont trop éloignées, Arcee. Si l'on essaie d'en atteindre une par nos propres moyens, ça nous coûterait beaucoup trop d'énergie. Ça ne ferait qu'accélérer le processus de congélation. Nous devons attendre que Ratchet nous ouvre le pont. Et il va s'en occuper. Nous allons chercher un abri, et nous protéger. C'est ce que nous avons de mieux à faire.

Miko et Bulkhead explorent les couloirs de la base. Bulkhead est nerveux ; il tressaille au moindre bruit. La jeune fille sautille devant lui, en faisant rebondir sur sa paume une lourde clef anglaise.

— Pour une fois, c'est moi qui suis ton garde du corps, c'est trop cool !

Tout à coup, la lumière s'éteint. Bulkhead pousse un cri aigu. Quand l'éclairage revient, Miko se tourne vers l'Autobot, étonnée.

— C'est toi qui as poussé ce hurlement de petite fille ?

— Non ! Enfin... Peut-être. On peut reprendre cette conversation plus tard ?

Ils continuent d'avancer dans les couloirs. Bulkhead s'agite de plus en plus, en faisant des mouvements brusques dans tous les sens.

— Reste cool, Bulk. Concentre-toi. Tout va très bien se pass...

Cette fois, ils entendent des petites pattes ramper sur un conduit. Bulkhead se redresse et tire en l'air. D'énormes tubes se détachent du plafond. Le géant sans peur cède

à la panique. Il se met à tourner sur lui-même en poussant des cris plaintifs, au milieu de ces câbles arrachés qui pendent comme les tentacules d'un monstre marin.

Miko secoue la tête d'un air désolé.

— Je crois que j'aurais préféré ne jamais voir ça. OK, Bulk, ce ne sont que des câbles !

Le robot cesse de s'agiter. En effet, il constate qu'il n'a pas subi de morsures, et il n'entend plus les petites pattes des Dévoreurs. Il saisit l'un des câbles, et l'observe.

— Ah, oui, tu as raison...

Le câble qu'il tient à la main glisse, et tombe. Aussitôt, des milliers de Dévoreurs sautent du plafond. Bulkhead se met à hurler de plus belle.

Pendant ce temps, Bumblebee et Raf explorent un secteur différent, à l'autre bout de la base. Bumblebee bip-bope dans sa langue, pour attirer l'attention de Raf vers une bouche d'aération. Le garçon suit le mouvement de son bras.

— Ils ne s'arrêtent jamais de manger, ma parole ?

En effet, la grille qui ferme le conduit est en partie grignotée. Bumblebee s'agenouille à côté et fait signe à Raf de s'éloigner. Mais un peu plus loin, un bruit étrange attire leur attention. Jaillissant d'une bouche d'égout, des centaines de Dévoreurs attaquent ! Bumblebee actionne son canon d'énergie. Est-ce qu'il sera suffisant pour les repousser ?

Jack et Ratchet sont restés dans le poste de contrôle, au centre de la base. Ratchet est penché sur un placard rempli de composants électroniques. Il répare la commande du pont terrestre. De son côté, Jack

fait les cent pas, une barre de fer à la main. Il se sent affreusement inutile.

— Comment ça va, là-dedans, Ratchet ?

— J'ai réparé les circuits abîmés, et réactivé les conduits principaux, mais le pont terrestre ne reçoit toujours pas de courant !

De rage, Ratchet frappe du poing sur le sol, puis il se remet au travail. Jack regrette de l'avoir interrompu. C'est alors qu'il entend un étrange cliquetis, qui lui fait tourner la tête vers l'entrée d'un conduit d'aération. Aussitôt, il recule, effrayé : des centaines de Dévoreurs, fixés au mur, le regardent de leurs yeux violets. L'un d'eux saute sur le sol, et une lueur bleue s'allume sous son abdomen. Il reste suspendu en l'air, avant de fondre sur eux. L'un après l'autre, tous les autres le suivent.

— Ils volent ? s'écrie Jack. Tu ne m'avais pas dit qu'ils savaient voler !

Les Dévoreurs fondent sur Ratchet, comme des grêlons d'acier. Ratchet s'effondre sous le poids des centaines de parasites qui se fixent à sa carapace. Jack s'élance avec sa barre de fer levée, mais les Dévoreurs sont trop nombreux ! Submergé, Ratchet utilise ses dernières forces pour crier :

— Jack ! L'extincteur !

Le garçon tourne la tête vers le cylindre rouge fixé au mur. L'extincteur ? Pourquoi faire ? Mais

Ratchet est en danger. Pas le temps de se poser des questions ! Avec sa barre d'acier, Jack n'a aucune chance de le libérer avant que les insectes l'aient rongé jusqu'à son dernier fusible.

Jack lâche son arme et fonce vers le mur. Il décroche l'extincteur, libère la sécurité et appuie sur

la manette. Le gaz carbonique s'échappe du tube, à une température de - 90 °C. Au contact de la nuée blanche et glacée, les Dévoreurs se raidissent, et s'éteignent les uns après les autres.

Les suivants prennent la fuite vers le plafond.

— Ratchet ! s'exclame la voix rauque et fatiguée de Bulkhead. Donne-nous un coup de main ! On a besoin d'Energon en urge... Wow !

Bulkhead et Bumblebee viennent d'entrer. Ils sont tous les deux mal en point. D'autant plus qu'ils viennent de diriger leur regard vers le plafond, où grouillent des centaines de Dévoreurs, qui fondent sur eux.

Les Autobots ripostent, mais leurs ennemis sont trop nombreux. L'attaque des Dévoreurs est un véritable raz de marée. Un à un, Ratchet, Bumblebee et Bulkhead s'effondrent.

5
Guerre totale

Optimus et Arcee ont trouvé refuge au pied d'une falaise de glace. Là, le vent est un peu moins fort, mais leurs forces continuent de s'épuiser lentement.

— Arcee, réveille-toi !

Arcee fait un effort pour relever la tête.

— Je reposais mes yeux, c'est tout.

— Tant qu'on reste en alerte, c'est qu'on est en vie.

Arcee laisse échapper un soupir découragé.

— Qu'est-ce que tu proposes ? Ah, j'ai une idée : si on jouait aux devinettes ? Par exemple : qui est-ce qui a commis une erreur, là-bas, à la base ?

L'amertume dans la voix de sa partenaire n'a pas échappé à Optimus Prime. Arcee n'est pas la plus puissante de l'équipe, mais au combat, c'est sans doute la plus implacable. Elle est pratiquement infaillible. Son seul défaut est peut-être de tolérer si mal les imperfections des autres.

— Cette situation pénible peut être due à un simple dysfonctionnement...

Arcee hoche la tête.

— Certainement causé par Bulkhead. Il n'a jamais été très adroit. Tu te rappelles, la première fois qu'on est arrivés sur terre, et qu'il a marché sur ces lignes à haute tension ? Qui aurait dit qu'il était capable de danser comme ça ?

— Bulkhead est peut-être... Trop grand pour ce monde-ci. Mais sa force intérieure n'a pas de limite. Il ne faut pas évaluer quelqu'un uniquement sur sa taille.

À la base, le combat a pris fin. Les Autobots sont allongés sur le dos et gémissent, au milieu des Dévoreurs inanimés. Jack finit de les endormir avec son extincteur à neige carbonique, et Raf et Miko les écrasent à coups de barre de fer.

— On les a tous eus ? demande Jack.

Ils tendent l'oreille. Un bourdonnement inquiétant remonte des entrailles de la base.

— En partie, seulement, répond Ratchet. Ceux-là n'étaient que les éclaireurs.

— Alors, les autres sont encore ici ? s'inquiète Bulkhead.

Bumblebee bumblebote avant de s'effondrer sur le dos.

— Si on leur sert de dernier repas, Optimus et Arcee ne vont jamais pouvoir rentrer à la maison, observe Ratchet d'un ton amer. Il faut absolument rendre le pont opérationnel.

— Dans ce cas, on peut s'en servir pour envoyer ces Dévoreurs n'importe où sur terre ! dit Raf.

— Pourquoi pas en Arctique ? suggère Jack en soulevant l'extincteur qu'il tient toujours à la main. On sait déjà qu'ils ne supportent pas le froid.

— Chouette ! Allez, on les expédie ! dit Miko en brandissant sa clef anglaise.

Ratchet s'est redressé. Il parle à mi-voix, les yeux dans le vague, comme s'il était en état d'hypnose.

— Étant donné la masse corporelle des Dévoreurs, une

température ambiante inférieure à zéro devrait les congeler instantanément. Alors... Réfléchis, Ratchet, réfléchis ! Si le pont est toujours en panne, c'est qu'il doit y avoir une fuite dans l'alimentation en Energon.

— Si on arrive à trouver la faille, l'un d'entre nous pourrait y aller, et réparer la panne, suggère Bulkhead.

Bumblebee s'est redressé, emporté par l'élan d'espoir de ses amis... mais il s'effondre à nouveau. L'alimentation en Energon traverse les entrailles les plus profondes de la base. À l'endroit où les Dévoreurs ont élu domicile.

— Comment on la trouve, cette faille ? demande bravement Raf.

À la vue des trois jeunes humains qui bombent le torse, les mains sur les hanches, les Autobots sentent un nouvel élan les gagner. Oui... Il y a peut-être une chance. Une toute petite chance...

Un peu plus tard, Miko et les deux garçons avancent sur la pointe des pieds dans un couloir souterrain longeant un large tube métallique. Jack porte une boîte à outils en bois. Le sol est truffé de Dévoreurs.

— N'oubliez pas, dit Jack, comme pour se rassurer lui-même : nous, ça va. Ils ne peuvent rien nous faire. On n'est pas en métal...

En effet, pour l'instant, les Dévoreurs les ignorent. Mais ils sont si nombreux... Et comment oublier les dents qu'ils cachent dans leurs jolies petites têtes rondes ?

— Là ! s'écrie Jack. Voilà la fissure !

Un liquide bleu phosphorescent s'écoule d'une brèche dans le tube. Jack s'approche en courant. Il pose sa boîte à outils et se met aussitôt au travail.

— Allez ! Il faut qu'on se dépêche !

Les trois Autobots se reposent dans la salle de contrôle.

— Récapitulons, dit Bulkhead d'une voix faible. Si on arrive à... Euh, quand on arrive à ouvrir le pont terrestre, on envoie les bestioles dehors, on ramène les copains...

— Optimus et Arcee seront de la chair fraîche pour eux, répond Ratchet. Et si on les laisse revenir en premier, les Dévoreurs n'auront pas de raison de s'en aller. Il faut qu'on leur fournisse un appât...

— Où est-ce qu'on va trouver un appât ? Les Dévoreurs se sont déjà goinfrés de tout ce qui est à leur goût ici !

Les enfants ont réussi à réparer la faille. Jack passe un dernier coup de chalumeau pour lisser les soudures.

Soudain, tous les Dévoreurs s'agitent, s'envolent et disparaissent.

— Ils vont retrouver les Autobots... ils passent à table ! s'écrie Raf.

En effet, dans la salle de contrôle, toutes les bouches d'aération explosent en même temps, pour laisser échapper des nuages de Dévoreurs.

Au pôle Nord, Optimus et Arcee perdent peu à peu l'espoir du retour. Appuyés l'un sur l'autre, ils sentent leurs dernières forces les abandonner.

— Tu sais quoi ? dit Arcee. Quand je pense à toutes ces années à combattre les Decepticons, à recevoir des coups de poing, des rayons gamma, à s'acharner contre l'ennemi... Le pire, c'est de se dire : après toutes ces années de lutte, c'est comme ça que nos lampes-témoins vont s'éteindre...

La main d'Optimus Prime tourne sur son poignet avec un grincement douloureux. Il ouvre les doigts.

— Arcee, dit-il, ce n'est peut-être pas la gloire dont nous avons rêvé, mais si c'est là notre fin... Si nous sommes réellement partis, toi et moi, pour nous unir à la Vieille Étincelle...

Arcee pose sa main sur celle d'Optimus, et termine la phrase qu'il ne parvient pas à formuler :

— Ce fut un honneur de servir à tes côtés, Optimus Prime.

Les doigts d'Optimus se referment doucement sur la main de sa camarade.

Pendant ce temps, à la base, les Dévoreurs se rassemblent sous le plafond pour un ultime assaut. Les Autobots s'attendent à l'attaque, et savent parfaitement qu'ils n'ont plus l'énergie nécessaire pour se défendre. C'est alors que les enfants surgissent en courant dans la salle de contrôle.

— Ratchet ! hurle Jack. Tous les systèmes fonctionnent, vas-y !

Usant de ses dernières forces, l'Autobot rampe jusqu'à la commande du pont. Il hisse sa main jusqu'à la manette, resserre les doigts, et la pousse avec un gémissement.

Au milieu de la tempête de neige, les yeux d'Optimus Prime se ferment lentement. Ses pupilles ne brillent plus que très faiblement. Soudain, devant lui, une lueur verte attire son attention. C'est un cylindre de lumière qui tourne sur lui-même. Le pont terrestre est activé !

À la base, l'ouverture du pont n'a rien changé à l'attitude des Dévoreurs. L'attaque est imminente, et ce sera la dernière. Bulkhead, à bout de forces, regarde tour à tour le plafond noirci de bestioles et le pont qui vient de s'ouvrir. On entend un grincement métallique. Une poutre tombe, rongée par les

Dévoreurs. Bulkhead se redresse lentement. Il nargue les parasites :

— Vous avez faim, hein ?

Puis il se place juste devant l'entrée du pont et s'agite pour attirer leur attention.

— Vous êtes prêts pour le plat de résistance ?

Immédiatement, les Dévoreurs repèrent cette cible immense, qui semble revenue à la vie. Ils fondent sur lui.

— Alors... Venez me chercher !

Dès que les prédateurs ont commencé à le prendre en chasse, Bulkhead s'élance à travers le couloir lumineux, poursuivi par des milliers de boules d'acier voraces.

Au même moment, Optimus et Arcee avancent vers la porte ouverte devant eux. Bulkhead surgit, le corps déjà couvert de parasites. Il hurle :

— Au sol ! Couchez-vous, tout de suite !

Il atteint la surface glacée du pôle et s'effondre. Les Dévoreurs s'apprêtent à le dévorer tout cru, quand ils aperçoivent deux nouvelles cibles qu'ils n'ont pas encore entamées, et que le froid polaire a merveilleusement conservées... Délaissant Bulkhead, ils continuent leur course pour foncer sur Optimus et Arcee.

Cette fois, se dit Optimus, *c'est vraiment la fin. À six pour cent de notre énergie vitale, nous ne sommes pas… en état de…*

Le chef des Autobots s'agenouille devant sa partenaire pour tenter de la protéger, tandis que les Dévoreurs continuent de fondre sur eux. Mais ils forment finalement une pluie de boules d'acier inertes qui rebondissent sur leurs carrosseries, et s'entassent dans la neige sans tenter la moindre attaque ! Les calculs de Ratchet étaient exacts : étant donné leur petite taille, les Dévoreurs n'ont pas résisté au froid intense. Ils ont gelé en quelques centièmes de seconde.

Bulkhead, enfin débarrassé de ses parasites, lève la tête vers ses amis et désigne le pont terrestre en leur disant :

— Je vous inviterais bien à entrer, mais c'est tellement le bazar...

À la base, tous les Autobots sont allongés sur des lits de camp.

Jack pianote sur un ordinateur portable, lorsque Ratchet l'interpelle :

— Quel est ton rapport sur leur situation énergétique ?

— Les niveaux augmentent.

— Excellent. Rafael, surveille de près les électro-pulsions de Bumblebee. Miko, vérifie les capteurs de Bulkhead !

— Les pulsions sont stables, affirme Raf.

— Capteurs en place ! répond Miko.

— Tu devrais peut-être te reposer un peu, toi aussi, mon vieil ami, dit Optimus à Ratchet. Tu as sauvé de nombreuses vies aujourd'hui.

— Je n'ai fait que mon devoir.

Il se tourne vers les enfants, qui s'occupent avec beaucoup de sérieux des Autobots.

— On a eu de la chance que cette infection nous soit tombée dessus... un samedi.

Optimus acquiesce.

— Nos amis humains sont peut-être petits, mais ils sont solides.

Soudain on entend un cri. C'est Miko : elle est terrifiée. Jack et Raf s'élancent, leurs barres de fer à la main.

— Un Dévoreur ? s'inquiète Jack.

— Une araignée ! gémit Miko.

Ils la cherchent des yeux...

— Elle est sur moi ?

Miko s'enfuit en s'agitant dans de grands mouvements désordonnés, essayant de chasser l'araignée. Consternés, les Autobots et leurs deux amis humains la regardent courir dans tous les sens.

— Est-ce qu'elle vient de hurler comme une petite fille ? demande Bulkhead.

FIN

Tu veux retrouver les robots les plus impressionnants au monde ? Tourne la page pour savoir ce qui les attend !

La bataille contre les Decepticons commence ici !

L'armée des ténèbres

Maîtres et élèves

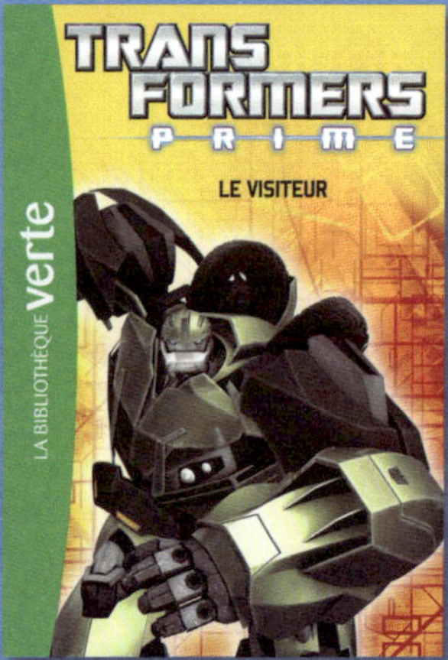

Le visiteur

Retrouve les Autobots dans leur prochaine aventure !

L'arme secrète

Sur une fresque très ancienne, les Autobots reconnaissent le dessin d'une sphère dorée... tout droit venue de la planète Cybertron ! L'objet sert à aspirer l'Energon vital des robots, et il est exposé dans un musée. Pour l'atteindre avant que les Decepticons s'en emparent, les Transformers vont avoir besoin d'un petit coup de pouce humain...

TABLE

PAPIER À BASE DE
FIBRES CERTIFIÉES

hachette s'engage pour
l'environnement en réduisant
l'empreinte carbone de ses livres.
Celle de cet exemplaire est de :
300 g éq. CO_2
Rendez-vous sur
www.hachette-durable.fr

Photogravure **Nord Compo** - Villeneuve d'Ascq

Imprimé en Espagne par CAYFOSA
Dépôt légal : avril 2013
Achevé d'imprimer : avril 2013
20.3094.8/01 – ISBN 978-2-01-203094-7
Loi n° 49956 du 16 juillet 1949
sur les publications destinées à la jeunesse